Lb 2967

QUESTION VENDÉENNE

A L'OCCASION DE LA

COMMUTATION DE BARBÈS

OU

RÉFLEXIONS

SUR LA SÉANCE DU 26 JUILLET 1839.

QUESTION VENDÉENNE

A L'OCCASION DE LA

COMMUTATION DE BARBÈS

OU

RÉFLEXIONS

SUR LA SÉANCE DU 29 JUILLET 1839.

PAR M. AUGUSTE JOHANET,
AVOCAT.

Paris,

IMPRIMERIE DE GUIRAUDET ET JOUAUST,
315, RUE SAINT-HONORÉ.

1839

Ceci n'est point une œuvre d'opposition, mais
une œuvre de bonne foi, d'humanité, de justice...
En de récentes circonstances, et au moment où
on réclamait à la tribune le bienfait de l'amnistie
pour les Vendéens, des paroles accusatrices contre eux sont parties de la bouche de M. le garde
des sceaux, et ont eu un grand retentissement.

M. le garde des sceaux a été étrangement
trompé sur le compte des Vendéens, et c'est prin-
cipalement pour l'éclairer que j'ai publié ces pages,
par lesquelles je fais un appel à sa conscience de
bon citoyen et de jurisconsulte, à sa loyauté
d'homme d'état.

Après la commutation de Barbès, il était utile
de prouver que les insurgés de l'Ouest détenus
aux bagnes de Brest et de Toulon, ou dans des
maisons de réclusion, méritaient aussi qu'on leur

rendît leur caractère *politique*, trop long-temps méconnu. L'ignorance et la prévention ont tellement calomnié les Vendéens, que le peuple ne sait pas combien ils sont dignes de ses sympathies.

J'ai été heureux et fier que mes antécédents et mes habitudes constantes m'autorisassent à jeter quelque lumière sur cette grave question, et à joindre mes efforts à ceux de leur éloquent défenseur, M. Hennequin, et de la presse indépendante.

Cette brochure précédera de quelques semaines les deux volumes que les gloires et les malheurs de cette même Vendée m'ont inspirés : puisse-t-elle laisser croire que j'avais le droit de me faire l'historien de ce généreux pays !..... Ainsi je recueillerai la douce récompense de mes continuels travaux, de mes nombreux sacrifices, pour une cause à laquelle j'ai consacré mon inaltérable dévoûment.

Auguste JOHANET.

Paris, ce 4 juillet 1839.

QUESTION VENDÉENNE

A L'OCCASION DE LA

COMMUTATION DE BARBÈS

ou

RÉFLEXIONS SUR LA SÉANCE DU 26 JUILLET 1839.

Depuis la grâce et la commutation de Barbès, l'attention publique a été appelée sur les Vendéens qui gémissent dans les maisons de réclusion, et plus particulièrement sur ceux que renferment les bagnes de Brest et de Toulon. Tous les hommes de bonne foi paraissaient avoir compris qu'il fallait fraterniser et se réunir, afin d'obtenir justice pour ceux que des préventions injustes, de fausses appréciations, ont fait ranger dans la classe des scélérats, alors que leurs actes ont été uniquement politiques. On devait donc s'attendre à voir d'un jour à l'autre une réparation déjà trop tardive s'accomplir en faveur de ces malheureux, quittant Fontevrault, Brest et Toulon, pour aller subir la détention, *peine politique*, à Doullens et à Saint-Michel. Mais tout à coup une pétition présentée à la Chambre des Députés a soulevé à la tribune la grande question de l'amnistie. La commission, justement préoccupée de la justice non moins que de l'opportunité de la réclamation, proposa le renvoi au ministre; mais la Chambre, que les plus pressants intérêts de la nation trouvent complétement insouciante, protesta de son insensibilité pour cette affaire d'humanité et d'honneur en votant brillamment l'ordre du jour.

Au milieu de ces clameurs et de cette impatience scandaleuses, M. Hennequin a pris soudain la parole, et, dans une chaleureuse improvisation, il a démontré jusqu'à l'évidence que le temps était venu d'étendre cette amnistie étroite et exclusive du 8 mai 1837, qui excepta les contumaces, et condamna les amnistiés à la surveillance, autre captivité dont le poids est si lourd pour ceux qu'elle frappe. Il s'empressa d'applaudir à la mesure qui avait tour à tour gracié et commué Barbès; il prit acte, du haut de la tribune et au nom de l'humanité, du renversement de l'échafaud politique, et demanda pour les condamnés royalistes cette même commutation que le pouvoir s'est empressé d'accorder non point au condamné, qui n'en voulait pas, mais à ses parents éplorés.

Au lieu de vouloir enlever les crimes et les délits politiques à toute espèce de pénalité, ainsi que l'ont prétendu certains journaux avec autant d'inintelligence que d'injustice, il s'est appliqué à prouver qu'il fallait nécessairement établir des distinctions dans cette matière. Et d'ailleurs, en se présentant à la tribune pour que sa voix servît d'écho à ce grand mot : *Amnistie*, il a exposé sa généreuse opinion par ces paroles : « Oui, Messieurs, tant que les mots *civilisation* et *justice sociale* auront un sens parmi les hommes, les faits humains, les actions, les délits, seront CLASSÉS, seront PUNIS, d'après la nature des principes qui les auront fait naître; il existera des distinctions entre les peines, la peine aura des analogies avec la nature de la faute commise. » Au moment où il développait ces loyales considérations, l'honorable député du Nord fut brusquement interrompu par les cris : *A l'ordre !* C'était un banquier parisien, M. Fould, qui, nonchalamment étendu sur une banquette du centre, n'avait pu entendre justifier des actes que depuis juillet 1830 apparemment il avait pris le parti de regarder comme impardonnables, et cela parce que c'est à Paris, sans doute, et en 1830 exclusivement, qu'il admet l'insurrection comme le plus saint

des devoirs. M. Hennequin n'en poursuivit pas moins son dis-
cours, et sa logique, surexcitée, était devenue tellement pres-
sante, que M. Teste, garde des sceaux, se hâta de répliquer.

Dans cette circonstance, il faut le dire, M. Teste se laissa
inspirer par une préoccupation visible, et, loin d'agir suivant
ses habitudes d'examen et d'appréciation sérieuse, il invoqua
des récriminations violentes, il subit l'influence de préventions
et de calomnies, et, ne se souvenant plus des dossiers qui ont
passé sous les yeux de son prédécesseur, et surtout sous ceux
de M. Molé, qui, par ses sentiments, a montré qu'il n'avait
pas oublié que son ministère avait inséré le mot d'*amnistie*
dans son programme, il cita des faits accusateurs de la plus
haute gravité.

Les journaux royalistes de Paris et des provinces, quelques
feuilles de l'opposition libérale, firent entendre de généreux
accents; mais *l'Europe monarchique*, qui depuis quelques
jours faisait de la double grâce accordée à Barbès le texte de
ses énergiques, de ses irréfragables réclamations en faveur
des Vendéens, se chargea immédiatement de répondre à M.
le garde des sceaux, et de l'éclairer.

M. Teste avait dit : «Je ne serais pas en peine de prouver
qu'il y a eu dans les faits auxquels on a fait allusion tous les
caractères des crimes communs prévus par nos lois pénales.
Est-ce par une erreur politique qu'un comptable a été saisi,
et qu'on l'a forcé à creuser lui-même sa tombe? Est-ce par
une erreur politique qu'un vieillard a été brûlé à petit feu au
milieu de sa famille? Croyez-vous que ces atrocités soient
moins coupables parce qu'elles se mêlent à des actes de rébellion contre le gouvernement? Vous invoquiez tout à l'heure la conscience publique : ce dont elle se révolte, c'est que
vous cherchiez à excuser des faits de cette nature. »

M. Crétineau-Joly, rédacteur en chef de *l'Europe*, répli-
qua dans son journal que nul de ces faits ne pouvait être imputé à un seul des condamnés actuels, et il ajouta :

« Voici une lettre émanée du procureur du roi d'Ancenis,
et adressée au procureur général d'Angers. Cette lettre, dont
nous ne citons que les fragments les plus importants, et qui,
par son contenu même, n'était pas de nature à devenir publique, explique comment on tuait alors en Vendée, et de
quelle manière on sévissait contre les meurtriers.

Ancenis, 12 janvier 1835.

« Monsieur le procureur général,

» Il est malheureusement trop vrai qu'au moment où Ber-
» nard (1) a été frappé mortellement, il était sans armes, et
» fuyait devant les gendarmes, qui étaient à sa poursuite
» depuis le matin. On assure qu'il était à tendre des collets
» pour prendre des perdrix, lorsqu'il aperçut les gendarmes;
» mais des personnes bien informées affirment que peu avant
» l'attaque des gendarmes il était, avec Verger, dans le ha-
» meau du Temple, près lequel il a été tué.

» LA MORT DE BERNARD N'EST PAS LE RÉSULTAT D'UN ACCIDENT,
» COMME SEMBLE LE DIRE LE PROCÈS-VERBAL CI-JOINT.

» IL A ÉTÉ PARFAITEMENT DÉMONTRÉ DANS LE TEMPS QU'UN GEN-
» DARME AVAIT TIRÉ A DESSEIN SUR BERNARD, AU MOMENT OU IL
» S'ENFUYAIT. Des poursuites, une instruction réglée, auraient
» inévitablement conduit ce militaire à la cour d'assises;
» mais mon prédécesseur refusa son ministère à une action
» qui eût peut-être été plus fâcheuse que le mal qu'elle avait
» vengé! Le gendarme en fut quitte pour une réprimande
» et un déplacement.

» Ainsi, M. le procureur général, Bernard a été tué par un

(1) Bernard était réfractaire.

» gendarme, volontairement et à dessein , et cela dans un
» moment où il était sans armes et inoffensif. »

» Autre fait, M. le ministre de la justice, et la révélation de
celui-là encore émane de l'autorité , car nous nous ne vou-
drions pas nous laisser entraîner par nos souvenirs, on nous
accuserait peut-être de prévention ou de partialité.

»M. Orianne, juge d'instruction à Châteaubriant, déposait
en cour d'assises comme témoin , et nous vous livrons sa déposition à vous qui, hier, à la tribune de la Chambre des
Députés, avez produit tant d'impression en citant l'exemple
d'un comptable qu'on força à creuser sa tombe. M. Orianne,
homme de juillet, disait donc :

« Un officier de l'armée française, se transformant en
bourreau, pendit, en 1832, de sa propre main, un homme de
la commune de Saint-Julien, parce que ce malheureux était
soupçonné par lui de faire des guêtres pour des chouans. Il
est de notoriété publique que cet officier, ayant fait appeler
devant lui l'infortuné, lui passa, sans autre forme de procès,
une corde au cou, l'entraîna ainsi dans un jardin voisin , et
là LE PENDIT A UN ARBRE. Pendant l'agonie de cette victime,
DES SOLDATS CREUSAIENT UNE FOSSE. Heureusement, la branche
à laquelle le tailleur était suspendu se rompit, et il tomba ,
pour ainsi dire sans vie , aux pieds de son assassin. Alors
l'officier, croyant remarquer un reste de vie, lui sauta sur le
ventre, et le bourra à coups de pieds, au point de détermi-
ner une hernie.

» Sur les représentations des soldats, que tant de cruautés
attendrirent sans doute, l'officier abandonna sa victime, qui,
plus tard, ayant *recouvré la vie, vint à Châteaubriant
demander grâce pour son assassin.*

» Un bandage herniaire, fourni au tailleur par l'officier,
fut le seul dédommagement accordé à ce malheureux, et la
seule punition infligée à ce militaire par ses camarades ! »

Personne n'ignore le meurtre de Cathelineau (1), tué à bout portant par le lieutenant Régnier au moment où , pour épargner des tortures nouvelles à son hôte Guinehut, il soulevait la trappe en criant : « Ne tirez pas ! nous nous rendons ! ! »

On venait d'assassiner le fils, ce n'était pas assez ; on voulut profaner la statue du généralissime Cathelineau, du *Saint de l'Anjou !* Un détachement d'un régiment de ligne fut envoyé au Pin en Mauge, avec ordre de la renverser sous leurs efforts et leurs blasphèmes officiels......... Ici encore je laisse parler M⁰ Janvier, qui, pour mieux défendre et venger le fils, se fit le magnifique historien du père :

« A toute religion, à celle des héros comme à celle des
» dieux, il faut des symboles. Il n'y a pas un peuple chez le-
» quel les images de ces grands hommes ne soient l'objet
» d'une sainte idolâtrie. Jugez donc quels prestiges s'atta-
» chaient à la statue du Saint de l'Anjou, élevée qu'elle était
» aux lieux qui l'avaient vu naître ! Eh bien ! elle a été igno-
» minieusement abattue, mutilée. Le jour où cet acte d'ico-
» noclaste révolutionnaire fut consommé a été marqué par
» un deuil plus signifiant et plus majestueux que s'il se fût
» manifesté par des clameurs et des violences. Les habitants,
» tout à l'entour, ont déserté leurs maisons pour ne pas en-
» tendre les coups du marteau sacrilége, et les démolisseurs
» ont accompli leur œuvre dans la solitude et le silence ! ! ! »

Sans doute M. le garde des sceaux a déjà reconnu sa funeste erreur, mais son imputation solennelle n'en a pas moins été prononcée à la tribune, insérée dans tous les journaux, répandue dans toute la France et à l'étranger; tandis que l'officielle et incontestable réfutation de *l'Europe* n'a trouvé d'é-

---

(1) Cathelineau avait alors pour compagnons M. le marquis de Civrac et M. Moricet, qui montrèrent dans cette circonstance, comme dans tant d'autres, toute la noblesse du caractère vendéen.

cho que dans quelques feuilles royalistes, qui ne sont pas toujours lues par la majorité. Ainsi, tout pour l'erreur, presque rien pour la vérité. Il est donc essentiel, dans l'intérêt de la morale, encore plus que dans celui de ces infortunés, que, par une alliance de mots dont la conscience publique se révolte, il faut appeler les galériens *politiques*, de rétablir les faits, de leur rendre leur incontestable caractère, en faisant par la voie de la publicité un supplément d'instruction, une sorte de contre-enquête qui convaincra les plus aveuglés, et même les plus haineux.

M. le garde des sceaux nous saura gré d'éclairer sa conscience, et de réparer le mal qu'il a pu causer. Il s'agit d'actions prévues, punies par le code pénal; il faut désormais savoir si elles appartiennent au premier livre, qui traite des crimes politiques, ou au deuxième, qui s'occupe de droit commun. On va voir que c'est de la première catégorie que ressortissent les actes qui pourtant ont conduit au bagne les insurgés de l'Ouest, et que tout se réduit à une question d'intention, de volonté de leur part.

Les cours d'assises ont été appelées à juger les accusés de l'insurrection de l'Ouest en 1832. Ceux-ci avaient presque tous procédé à des désarmements, à des contributions de guerre civile, et on les a condamnés comme des gens qui ont voulu s'approprier, à main armée, le bien d'autrui. On ne s'est pas contenté de leur imputer des complots et des attentats; on a voulu voir chez eux, ce qui fait aujourd'hui le prétexte d'une exclusion si fatale, une culpabilité résultant de vols, d'effraction, de brigandage.... Certains membres du parquet se complaisaient alors à qualifier ainsi des actions purement politiques, et ceux qui avaient été comblés des faveurs de la Restauration y apportaient d'autant plus d'acharnement, qu'ils croyaient expier leur ancienne fidélité, et donner des gages au nouveau pouvoir en requérant des peines infamantes contre les Vendéens.

On n'a pas seulement présenté aux jurys des enlèvements de fusils comme des vols ordinaires, on a assimilé les arrestations de gendarmes à des guet-apens, des tentatives d'assassinat, etc.; et, avec de si funestes définitions, on est parvenu à faire charger de fers et d'ignominie des hommes que l'ardeur de leurs convictions avait pu entraîner, mais qui, en aucun cas, n'eurent aucune intention de rapine ou de brigandage, et n'ont cherché aucun profit pécuniaire.

Tous les faits qui ont précédé ou accompagné la levée de boucliers de l'Ouest, en 1832, ne peuvent donc être considérés autrement que comme des faits politiques, auxquels l'amnistie devait évidemment s'appliquer. D'ailleurs les preuves sont là; on peut consulter les procédures, les instructions, qui sont toutes formelles en faveur de ce que je viens d'indiquer. Je *défie* qu'on puisse raisonnablement rejeter sur le compte de la perversité intentionnelle, ou d'un calcul d'improbité et de barbarie, je ne dis pas seulement les désarmements, les menaces, les violences, mais même les luttes, plus déplorables encore, qui ont été parfois la conséquence des combats ou des représailles inévitables dans les guerres civiles.

L'insurrection, qui a été proclamée *le plus saint devoir*, a amené dans l'Ouest, ainsi que partout ailleurs, des malheurs, des excès toujours déplorables, mais qui ne doivent pas être regardés et punis comme les crimes et les forfaits, dans la classe desquels on les a placés. C'est pour ces circonstances que l'amnistie est vraiment faite; c'est alors qu'elle s'interpose à la fois dans l'intérêt des captifs et dans celui du pouvoir.

Les combattants du cloître Saint-Merry, de Lyon, etc., qui, comme en 1830, ont tiré par les fenêtres et tué les soldats de la ligne et de la garde nationale, étaient, à coup sûr, au moins dans le même cas que les Vendéens, qui n'ont fait que suivre toutes les conséquences d'une guerre de partisans en désarmant des communes, en luttant contre la troupe, en levant des contributions, sous quelque forme que ce soit, et en se défendant par tous moyens contre ceux qui faisaient *la chasse aux hommes*. Cependant, tandis que les condamnés d'avril et de juin ont pleinement recouvré leur liberté, les Vendéens sont encore, dans les prisons de Fontevrault, mais surtout dans les bagnes de Brest et de Toulon, victimes des plus ignobles calomnies et des plus injustes interprétations.

Après ces réflexions générales, je me hâte de reprendre un à un les faits concernant les condamnés que je vais, pour ainsi dire, faire reparaître devant le public impartial et calme M. le garde des sceaux pourra mieux que personne reconnaître la véracité de mes assertions. Dix-neuf Vendéens sont encore au bagne de Brest, et sept à celui de Toulon ; leur nombre était beaucoup plus grand à la suite de l'amnistie du 8 mai 1837. Tant de vives réclamations se sont présentées, non seulement de la part des royalistes, mais de celle même des autorités locales, qu'on n'a pu se refuser à les enlever enfin aux gardes-chiourmes. Bien plus, on a suivi la marche que le pouvoir indiquait comme infaillible ; il a exigé des pétitions de la part de ceux qui demandaient leur liberté, et des pétitions ont été envoyées à qui de droit. Ces mêmes pétitions ont été couvertes de signatures des plus notables habitants du pays où les faits imputés aux prisonniers se sont accomplis. Les maires de nombreuses communes se sont empressés à leur tour de se joindre à leurs administrés pour insister en faveur de ceux auxquels ils n'ont pu s'empêcher de rendre justice dès qu'il s'agissait de donner à leurs actes une qualification autre que la qualification politique, qui, selon eux, leur appartient uniquement, et nous devons signaler ici que, dans sa haute impartialité, M. Hennequin a saisi l'occasion de rendre hommage au cabinet du 15 avril :

« On a sans doute reconnu, dit-il, qu'il y avait convenance de saisir dans leur condamnation la vérité, et non l'apparence qui avait amené les qualifications, et c'est ainsi qu'un très grand nombre de condamnés qui se trouvaient dans les fers ont vu les bagnes s'ouvrir, et les envoyer à la réclusion. On ne l'a pas assez dit, Messieurs, ajouta l'orateur; on ne l'a pas assez répété, et je dois rendre grâce à l'esprit qui a amené ces résultats. »

Par ordonnance du 30 août 1838, 21 galériens sont sortis de Brest, 15 ont été envoyés à Fontevrault, et 6 à Rennes. Poutet a eu sa liberté entière ; Nicou et Blanconnier ont été amnistiés le 30 septembre 1838. En un mot 60 Vendéens sont sortis de Brest ou de Toulon avant et depuis l'amnistie de 1837, et, sur ces 60, 30 sont encore dans les maisons de réclusion.

Ainsi les réquisitoires passionnés du parquet, les verdicts peu réfléchis du jury, la dure pénalité appliquée par les arrêts, ont été l'objet d'une sorte de contre-enquête, d'un supplément d'instruction que j'indiquais tout à l'heure, et dont se sont chargés volontairement ceux qui, appréciant de sang-froid les faits, se sont indignés de voir les Vendéens, par l'exclusion de l'amnistie, rangés dans la classe des criminels, pour qui le bagne n'est qu'une justice rendue. J'affirme enfin que dans ces derniers temps une pétition, appuyée par la majeure partie des députés de l'Ouest, a été remise à M. Barthe, alors garde des sceaux. A toutes ces argumentations si puissantes, à ces démonstrations si formelles en faveur des hommes dont je ne cesserai jamais de signaler l'horrible, la douloureuse position, le pouvoir, insouciant ou inexorable, se retranchera-t-il dans cette banale excuse : *Il y a chose jugée?* A cela je lui répondrai hardiment que l'amnistie est, de son essence, antérieure et supérieure à la chose jugée; qu'elle domine cette considération, grave sans doute : car non seulement elle est clémente et conciliatrice, mais elle est aussi, et avant tout, réparatrice. Elle ne se borne pas à s'interposer entre les partis, à prodiguer l'oubli et la paix; sa sainte mission consiste en outre à s'appliquer à rétablir l'ordre troublé, à indemniser de l'injustice commise. L'amnistie du 8 mai 1837 ne devait donc pas seulement ouvrir les prisons aux condamnés qui, tout d'abord, ne se présentaient à elle que sous des rapports politiques, elle devait examiner scrupuleusement les actes attribués à ceux qu'elle a exceptés si cruellement : car alors elle leur eût restitué leur véritable caractère, et nous n'aurions point à lui demander compte de sa persistance dans une erreur fatale.

Qu'a-t-on fait de ceux qu'on arrachait si tardivement à l'affreuse société dans laquelle ils ont long-temps souffert? On les a transférés dans des maisons de réclusion. Or la réclusion est encore une peine exorbitante, qui, sous la livrée de l'infamie, confond ces hommes qu'on a semblé se plaire à abreuver d'humiliations et de désespoir, lorsque les républicains n'ont jamais été condamnés qu'à l'emprisonnement pour des délits, ou à la détention pour des crimes de la même nature.

Je vais d'abord démontrer que les condamnés vendéens ne relèvent ni du bagne ni de la réclusion, et que la commutation de Barbès leur donne un droit, en même temps qu'elle impose un devoir au gouvernement. Je commence par ce qui est relatif à Mandar, et j'emprunte sa complète justification à l'article remarquable de M. Crétineau-Joly, dans l'*Europe monarchique*. Je regrette de ne pouvoir donner sur chacun des Vendéens autant de détails; mais je les place tous sous la sauvegarde des sages et puissantes considérations dont Mandar a été l'objet.

Mathurin MANDAR, habitant à Bignan, Morbihan; condamné aux travaux forcés à perpétuité par la cour d'assises de Rennes, le 25 août 1834; écroué à Brest sous le n° 20,367; dont le dossier est à la chancellerie, sous le n° 7,542, section 9. — Avant la révolution de juillet, Mandar était caporal dans un régiment de la garde; son intelligence et sa probité l'avaient fait estimer de ses chefs. Jeune encore, dévoué comme un Breton au principe monarchique, il se trouvait heureux de servir son roi et son pays, lorsque après 1830 tout ce bonheur s'évanouit. La garde royale est licenciée; Mandar se retire dans le Morbihan, et, pendant une année, il y vécut sans exciter la soupçonneuse vigilance de l'administration. Il ne sollicitait rien du nouveau gouvernement. Celui-ci lui demanda ses services; il l'incorpora en qualité de sergent dans le 15e de ligne, alors en garnison à Saint-Brieuc.

Ce régiment reçut bientôt ordre de partir pour le midi de la France. Mandar, en traversant le Morbihan, sa patrie, pour se rendre à sa nouvelle destination, met à exécution le projet qu'il nourrit depuis qu'on l'a forcé d'arborer la cocarde tricolore. Il abandonne ses drapeaux, rejoint quelques réfractaires de ses amis ou de ses parents; puis, par l'ascendant de son courage et de ses connaissances militaires, placé à leur tête, il commence cette vie de privations et de dangers dont aujourd'hui il expie si cruellement les misères.

Mandar avait une de ces intrépidités qui ne regardent jamais en arrière. Il possédait surtout au plus haut degré la confiance des réfractaires, et l'amour des paysans, qui dans ce paysan comme eux espéraient retrouver un jour les brillantes qualités de leur Georges Cadoudal, l'énergie pleine d'habileté de l'intrépide *roi du Bignan*, où le jeune sergent était né, ainsi que le commandant Guillemot. Les paysans bretons, si enthousiastes, si justes appréciateurs du courage, racontaient chaque jour de nouveaux traits de bravoure et d'humanité du chouan. Dans les petites villes et dans les bourgades devenues révolutionnaires, Mandar fait bien aussi le sujet des conversations; mais là, ce n'est pas avec amour ou justice que l'on parle de lui; là, son courage n'est plus que de la lâcheté, son humanité se transforme en réactions sanglantes, en millle attentats contre la propriété, en crimes de toute nature, en méfaits de toute espèce.

Mandar fut le bouc émissaire de la chouannerie bretonne , la personnification de toutes les calomnies, le but de tous les mensonges qu'alors le libéralisme avait intérêt à propager contre les royalistes. Son nom acquit dans le Morbihan la célébrité qu'à la même époque l'autorité locale accordait à Diot dans les Deux-Sèvres. On lui prêta tous les forfaits dont on crut devoir accuser les chouans. Il n'est si petit délit ou si grand crime dont, aux dires de la crédulité publique, Mandar n'ait été l'auteur. On le charge de toutes les accusations, on l'entoure de toutes les superstitieuses terreurs, par cette tendance si naturelle à l'ignorance de personnifier dans un seul l'œuvre de tous. Pour Mandar, la voix publique invente des attentats dont l'honnête jeune homme ne conçut jamais la pensée. On en fait un Barbe-Bleue politique, une espèce de coupe-jarret ou de Tristan-l'Ermite au service de la légitimité.

De là il est résulté ce que prévoyaient les esprits sages. A force d'être reproduite, commentée, embellie, arrangée au gré du caprice ou de la haine , la calomnie emprunta toutes les apparences de la vérité. Les gens crédules acceptèrent tout sans examen. Les patriotes eux-mêmes, séduits par les mensonges qu'ils inventaient à plaisir, n'eurent pas grand'peine un jour à se persuader qu'ils avaient dit vrai.

Aussi lorsque, après quatre années de calomnies ainsi propagées pour entretenir un effroi salutaire dans l'âme des populations libérales, Mandar, épuisé, tomba entre les mains de la force armée, qui le poursuivait avec une infatigable persévérance, il n'y eut dans les hommes de révolution qu'un seul cri de joie , qu'un seul chant de triomphe.

La Bretagne venait d'être délivrée de son plus cruel ennemi.

Il fallut alors pourtant édifier contre lui une accusation sérieuse, et ce Mandar qui, pendant ses quatre années d'insurrection contre le pouvoir, avait bu tant de sang, violé tant de femmes, incendié tant de maisons, arrêté tant de voyageurs, dévoré tant de petits enfants, ce Mandar, l'objet de toutes les haines révolutionnaires, comparut devant la cour d'assises, en vertu de deux arrêts de mise en accusation.

Après une immense instruction, où les magistrats et le parquet remplirent leur devoir avec un scrupule de rigidité qu'il serait superflu de signaler, ce ne fut pas sans peine qu'on releva contre lui :

1° L'assassinat d'un nommé Girodroux, percepteur, l'un des plus farouches ennemis des chouans, et servant même contre eux de guide aux colonnes mobiles ;

2° Un vol des deniers de l'état, sur le même Girodroux, vol commis en même temps que l'assassinat ;

3° L'assassinat d'un ancien gendarme nommé Couane ;

4° Un vol accompagnant l'assassinat, au détriment de cet ancien gendarme, et de sa famille, qui l'accompagnait.

Ces deux accusations disjointes ont été vidées par Mandar.

Dans la première, sur la plaidoirie de M. Janvier, ayant à lutter contre tant de haines sans motifs accumulées sur une tête que l'on voulait, à toute force, jeter au bourreau, et défendant cette tête avec sa conscience d'honnête homme et son éloquente parole, Mandar fut condamné AVEC CIRCONSTANCES ATTÉNUANTES. Il fut condamné à Rennes par un jury comme, en ce temps-là, on savait en composer dans l'Ouest.

Et ces circonstances atténuantes, mises en regard de l'exaltation du peuple, et arrachées à l'évidence que le jury n'osait pas repousser, ces circonstances atténuantes ne sont-elles pas un indice révélateur ? Ne renferment-elles pas toute la pensée des jurés qui ont bien pu vouloir envoyer un chouan aux galères, mais qui n'ont jamais osé consentir à le condamner à mort : car Mandar ne leur paraissait que relativement coupable. Aujourd'hui que nous sommes loin de ces tristes temps, n'est-ce pas une présomption d'innocence ?

A l'appui de ce verdict qui, sans aucun doute, aurait été

capital, si le jury n'eût pas été convaincu de la non-culpabi-
lité de Mandar, il est arrivé depuis cette époque, au ministère de la justice, une pièce émanée du frère même de la
victime. M. Girodroux, en homme loyal, a déclaré qu'il était
convaincu que Mandar n'était pas l'assassin de son frère.
Et cette conviction venue après jugement, mais venue infail-
liblement avec des preuves à l'appui, surtout pour ceux qui
connaissent l'esprit breton, cette conviction n'est-elle pas
pour Mandar un acquittement?

Dans la seconde affaire (l'assassinat du gendarme Couane),
Mandar, noblement défendu par M. Guillemeteau, fut déclaré innocent du meurtre; mais, par une étrange contradiction
qu'a pu seule faire naître la violence morale imposée au jury
par les vociférations d'une foule altérée de sang et hurlant
la mort avant le verdict, le jury reconnut Mádar coupable du
vol qui avait accompagné l'assassinat.

Pendant les débats de cette seconde affaire, il surgit un
incident qui peut expliquer tous les crimes dont les chouans
ont été chargés, et qui, pour Mandar en particulier, est la
plus complète et la plus honorable des justifications.

Lorsque la petite voiture du gendarme Couane fut arrêtée
par des inconnus, il était avec sa belle-mère et son beau-
frère. Tous deux déclaraient parfaitement connaître Mandar
depuis l'enfance; Mandar était né à leur porte, dans le village de Bignan. Le lendemain du meurtre, dans leur première
déposition, tous deux avouaient que le chef de la bande leur
avait dit : « Je suis Mandar, me reconnaissez-vous? »

Malgré ces paroles, la belle-mère et le beau-frère de
Couane ne l'avaient pas reconnu. C'était pourtant par un
beau jour d'été, à sept heures et demie de l'après-dîner, que
cette affreuse scène se passait. Le nom de Mandar était prononcé : en fallait-il davantage pour un arrêt de mort ?

Les débats jetèrent un triste jour sur ces étranges circonstances. Les deux témoins avaient nommé Mandar dans l'in-

struction. Au procès, en face du jury, ils déclarèrent que le maire et le maréchal-des-logis de gendarmerie les avaient obsédés en leur répétant à diverses reprises :

— Pourquoi ne pas dire que c'est Mandar ?

Et dans un premier moment de douleur, les malheureux avaient cédé à cette injonction que, pendant le cours du procès de Barbès, un garde municipal faisait du doigt à un témoin mieux servi par la police que par ses souvenirs.

Maintenant voulez-vous savoir comment le nom de Mandar, qui justifiait d'un alibi parfaitement prouvé, a été prononcé au moment du meurtre ? Le voici.

Un seul témoin chargeait l'accusé : c'était un gendarme nommé Huart. Cet Huart avait déserté pour passer aux chouans. Il était resté quinze jours parmi eux ; puis, après avoir rempli le triste rôle qui sans doute lui avait été assigné, il s'était rendu auprès de M. Lavalaine, lieutenant de gendarmerie. Huart, et c'est un aveu dû à M. Lavalaine, Huart lui servait d'espion contre les chouans. Mais cet Huart, qui n'avait passé que quinze jours dans les bandes, avait été le promoteur de plusieurs excès. On remarque même avec étonnement que c'est pendant ces quinze jours, rien que pendant ces quinze jours, qu'il y en eut de commis. La présence de cet homme expliquait les crimes de la chouannerie, et l'horrible mission qu'il s'était donnée ou qu'il avait reçue. Huart était condamné pour le meurtre de Couane, condamné seulement aux galères à perpétuité, car il avait réservé le rôle le plus cruel à Mandar. Sa peine avait été sur-le-champ commuée en dix années de réclusion. Au moment du procès, il les subissait à la maison centrale de Rennes, dans un état presque complet de liberté.

Huart accusait le chouan, Huart le dénonçait comme assassin ; mais le chouan n'était pas reconnu par les parents de la victime, qui avaient vécu avec lui, dans le même village, presque sous le même toit. Mandar n'était pas reconnu par eux ; mais Huart, le gendarme espion, l'était à sa place ; mais la belle-mère de Couane, qui ne l'avait jamais vu avant cette sanglante soirée, affirmait que c'était lui, Huart, qui était le seul assassin. Elle l'affirmait avec une énergie, avec une précision qui ne pouvait laisser aucun doute.

La faisait-on approcher de Mandar, elle regardait ce *cannibale* sans émotion, elle le touchait même sans terreur.

Confrontée avec le gendarme Huart, elle n'osait lever les yeux sur lui. A vingt pas de l'espion patenté, tout son corps frémissait ; elle s'écriait avec des sanglots : « Voici, voici l'assassin de mon malheureux gendre ! » Amenée plus près de lui par les huissiers, elle poussait d'horribles cris, détournait le visage, et tombait dans un délire qui arrachait des larmes.

Et sous le coup de cette foudroyante accusation, Huart riait.

La peine de cet homme a été commuée. Mandar est encore aux galères !

En regard de ces deux accusations nous pourrions citer bien des traits de générosité de la part de cet infortuné. On nous soupçonnerait peut-être de nous faire son panégyriste ; nous ne voulons être que son historien. Mais il est un fait que, pour l'honneur de la chouannerie au bagne, nous ne devons pas passer sous silence. Ce fait en dira plus que toutes nos paroles.

Mandar, que des journaux et une coupable ignorance ont représenté si féroce, a eu à trente pas de lui, au bout de son fusil chargé à balle, M. Lorois, préfet du Morbihan, M. Lorois qui mettait sa tête à prix, et que l'ardeur de la chasse avait égaré. Mandar est habile tireur, et Mandar a épargné les jours de celui qui était son plus actif persécuteur.

Dans son cachot, Mandar révéla à M. Lorois cette circonstance. Sous l'impression des calomnies dont, pour nous servir d'une expression de M. Janvier, ce sublime fanatique était l'objet, le préfet du Morbihan ne voulut pas ajouter foi au récit du chouan. Il lui répugnait de croire que Mandar avait tenu sa vie au bout d'un fusil et ne s'était pas vengé. Accablé cependant par les détails les plus circonstanciés, M. Lorois se rendit à l'évidence, et, de ce jour, il dut comprendre qu'avec des haines révolutionnaires, la calomnie est une arme qui frappe plus vite et plus sûrement qu'un fusil entre des mains royalistes.

Nous avons dit tout le mal qu'a fait Mandar, et passé sous silence beaucoup de bien. Maintenant nous n'expliquerons pas par quel contre-coup de terribles événements, par quel dévoûment à une cause plus chère encore parce qu'elle est vaincue, Mandar et ses compagnons de bagne ont pris les armes. Nous n'établirons même pas de comparaison entre les insurgés du 12 mai et les chouans de Bretagne et de Vendée. Le parallèle serait trop en faveur de ces derniers. Ce n'est pas une aggravation de peines que nous demandons pour les uns, c'est la justice seulement, l'égalité devant la loi, que nous implorons pour les autres. Nous l'implorons au nom de la Vendée, toujours monarchique ; de la Vendée, qui demain mourrait encore dans ses landes pour la défense du trône ; de la Vendée, qui se lèvera toujours pour combattre les principes désorganisateurs. Est-ce un gouvernement s'efforçant de revenir à l'ordre et à la monarchie, cherchant à reconstituer les débris du passé avec des ruines récentes, qui peut refuser justice ou grâce aux humbles paysans coupables seulement d'une fidélité que toutes les royautés devraient honorer ?

La vie de Mandar a été la plus calomniée : c'est par conséquent celle que nous avons dû choisir comme point de départ et de comparaison. Maintenant au gouvernement de Louis-Philippe, à Louis-Philippe seul de prononcer, dans une question où tout dépend de lui. Nous avons été vrai ; qu'il soit juste.

BARREAU (Benjamin), habitant à Ardelay, Vendée, condamné aux travaux forcés à perpétuité par la cour d'assises de Bourbon, le 10 juillet 1834; écroué à Brest sous le n° 20,361; dont le dossier est à la chancellerie sous le n° 1,656, section 9.

Des circonstances bien précieuses peuvent être invoquées en faveur de Barreau. Il est réclamé avec les plus vives instances par un certificat signé du maire, de l'adjoint et des plus notables habitants d'Ardelay. Deux autres certificats ont été également déposés au ministère : du premier, délivré par un charron de Beaurepaire, il résulte la preuve que Barreau ne pouvait pas se trouver dans les bandes au moment des faits à lui imputés ; par le second, deux réfractaires, condamnés à raison d'un fait qu'on lui reproche, et amnistiés depuis, déclarent qu'il y est étranger, et qu'il ne se trouvait pas sur les lieux. Barreau est très jeune; il n'avait que 19 ans lors de sa condamnation, et est malheureusement estropié. Il est avéré que Barreau n'a été ni chez le maire de Fougeray, ni chez Boisseau ; et, d'ailleurs, qu'on se reporte aux faits qui ont motivé sa condamnation, et on verra qu'ils appartiennent évidemment à ces conséquences inséparables de la guerre civile, et qu'une erreur du jury seule a pu leur faire infliger le dur châtiment réservé aux crimes particuliers.

MARTINEAU (André), de Saint-Jean-de-Mont, Vendée, condamné à dix ans de fers par la cour d'assises de Bourbon, le 16 avril 1834, écroué à Brest sous le n° 20,360, dont le dossier est à la chancellerie sous le n° 859, section 9.

Vivement réclamé par le maire de sa commune, organe de la population entière, il est fils d'une pauvre veuve dont il est l'unique soutien. Ce jeune homme, très digne d'intérêt, et dont la conduite au bagne est parfaite, a été condamné pour de prétendus vols ; mais la vérité est qu'il n'a fait que *demander* soit des vivres, soit des vêtements, dans les maisons où il se présentait. Il était réfractaire, et, à coup sûr, un tel acte rentrerait tout au plus dans les contributions d'une guerre civile. Un nommé Couton, condamné pour une des affaires qui ont motivé la condamnation de Martineau, a été mis en liberté par l'ordonnance du 27 juillet 1837. Pourquoi cette différence? Celui qui commandait à l'affaire de l'Angle, en 1832, n'a pas été condamné pour ce fait, tandis que Couton et Martineau l'ont été. Martineau a été demander des vivres et 25 fr. pour cinq réfractaires chez Burgaud, et il est condamné à dix ans de fers! Et cette même famille Burgaud a continué, après ce fait, de le nourrir tant qu'il a voulu venir chez eux, pendant qu'il est resté caché, et les principaux membres de cette famille ont signé une requête pour sa mise en liberté! Est-il possible de considérer Martineau comme un criminel?

BELLIAUD (Jean), de Saint-Julien de Vauvantes, Loire-Inférieure, condamné par la cour d'assises de Nantes, le 24 septembre 1834, à la peine de mort, commuée en celle des travaux forcés à perpétuité, écroué au bagne de Brest sous le n° 20,585, dont le dossier est à la chancellerie sous le n° 1,664, sect. 7.

Ce réfractaire a été condamné pour des délits purement politiques dans leur qualification, et pour une tentative d'*homicide*. Rapprochée des circonstances au milieu desquelles elle a eu lieu, cette tentative n'est elle-même qu'un fait de guerre civile. Belliaud est réclamé par des certificats revêtus d'un grand nombre de signatures.

HAMON (Louis), né à Grandoverné, Loire-Inférieure, condamné aux travaux forcés à perpétuité par la cour d'assises de Nantes, le 24 septembre 1834, écroué à Brest sous le n° 20,586, dont le dossier est à la chancellerie sous le n° 764, sect. 9.

Réclamé également par un certificat déposé au ministère , car il se trouve dans le même cas que les précédents.

GILLET (Louis), de Monstoirac, Morbihan , condamné aux travaux forcés à perpétuité par la cour d'assises de Vannes, le 17 juin 1835 , écroué à Brest sous le n° 20,610 , dont le dossier est à la chancellerie sous les n°ˢ 4,266, sect. 8 , et 7,584 , sect. 9.

Ce condamné était réfractaire. Il a été condamné pour homicide sur la personne d'un *gendarme*. Ce fait n'est-il pas une triste conséquence des agitations politiques? Peut-on le considérer, dans les circonstances où il a été commis, comme un crime ordinaire et de droit commun ? Les engagements avec les gendarmes, comme avec la troupe , devaient nécessairement avoir pour résultat des blessés ou des morts de part et d'autre. On se traitait en ennemis, comme au combat, et, d'ailleurs, on a vu plus haut que les gendarmes ne se faisaient pas faute de les tuer lorsqu'ils les trouvaient sans armes et sans défense.

BOURRON (Germain-François), de Saint-Georges-de-Pointendoux, Vendée, condamné à la peine de mort par la cour d'assises d'Angers, le 7 février 1835, laquelle peine a été commuée en celle des travaux forcés à perpétuité, écroué à Brest sous le n° 20,630, dont le dossier est à la chancellerie sous le n° 2,335, sect. 9.

Bourron a été condamné comme complice du meurtre d'un sieur Chevalier. Or il est aujourd'hui de notoriété publique que Bourron n'est pas coupable de ce fait. C'est ce qui résulte d'une déclaration notariée, faite par un nommé Barreau, tout à fait digne de foi, déclaration envoyée au ministère. M. Mercier, maire de la commune de Bourron, dit hautement que ce dernier lui a sauvé la vie, ainsi qu'au maire de Sainte-Flève, son voisin. Bourron était réfractaire.

FOUCHEREAU (Antoine), de Boismé, Deux-Sèvres, condamné à vingt ans de travaux forcés par la cour d'assises de Niort, le 5 septembre 1835, écroué à Brest sous le n° 20,637, dont le dossier est à la chancellerie sous le n° 6,172, sect. 9.

Réfractaire; réclamé par le maire, l'adjoint et les notables habitants de sa commune. Sa mise en liberté est désirée par le pays, qui le regarde comme un condamné exclusivement politique; et, en effet, aucun de ses actes ne peut lui valoir une autre qualification.

GUILLARD (Yves), de la Nouée, Morbihan, condamné à vingt ans de travaux forcés par la cour d'assises de Vannes, le 14 juin 1836, écroué à Brest sous le n° 20,865, dont le dossier est à la chancellerie, sous le n° 7584, sect. 7.

Deux certificats en faveur de ce condamné sont déposés au ministère. Sa commune lui rend un honorable témoignage, désire et réclame sa mise en liberté.

MÉNEZO (Jean-François), né à Crugeuil, Morbihan, condamné aux travaux forcés à perpétuité par la cour d'assises de Vannes, le 17 décembre 1834, écroué à Brest sous le n° 20,378, dont le dossier est à la chancellerie sous le n° 7,584, sect. 9.

Ménezo était réfractaire; l'opinion du pays est qu'il est innocent du meurtre dont on l'a accusé, et pour lequel il n'y avait point de preuves contre lui. Les maire, adjoint et notables de sa commune le réclament par une demande couverte de signatures. Ils attestent ses bons antécédents, l'estime dont jouit sa famille, le besoin qu'elle a de lui, et le regardent comme un insurgé, et non comme un assassin.

GROS (Jean-Louis), de Crugeuil, Morbihan, condamné aux travaux forcés à perpétuité par la cour d'assises de Vannes, le 17 décembre 1834, écroué à Brest sous le n° 20,379, dont le dossier est à la chancellerie sous les nᵒˢ 7,584 et 9,553, sect. 9.

Gros est réclamé avec instance par le maire, l'adjoint et les notables de sa commune. Condamné dans la même affaire que Ménezo, il est regardé aussi comme innocent. Ses antécédents sont excellents; il est le soutien de sa famille, et donne au bagne l'exemple de la plus touchante résignation.

DANET (JULIEN), né à Lantillac, Morbihan, condamné à vingt ans de travaux forcés par la cour d'assises de Vannes, le 10 décembre 1836, écroué à Brest sous le nᵒ 20,906, dont le dossier est à la chancellerie sous le nᵒ 7,584, sect. 9.

Ce condamné est réclamé par les habitants de sa commune comme un jeune homme d'une conduite excellente, environné constamment de l'estime publique. Ce témoignage si formel d'intérêt et de sympathie n'est-il pas d'un grand poids, et ne prouve-t-il pas que la détention, qui lui eût valu l'amnistie, devait être son partage ?

KERLÉAU (LOUIS), de Moréac, Morbihan, condamné à vingt ans de travaux forcés par la cour d'assises de Vannes, le 7 juin 1836, écroué à Brest sous le nᵒ 20,886, dont le dossier est à la chancellerie sous le nᵒ 9,556, sect. 9.

Condamné pour une *tentative d'homicide ;* mais, rapproché du temps et des circonstances, ce fait ne saurait ranger Kerléau dans la catégorie des condamnés ordinaires, et, après les divers arrêts de la cour des pairs, il n'est pas une cour d'assises qui l'eût envoyé ailleurs que dans une maison de détention.

ALLARD (JACQUES) et ALLARD (JOSEPH-FRANÇOIS), frères, de Chollet, Maine-et-Loire, condamnés aux travaux forcés à perpétuité par les cours d'assises d'Angers et de Blois, les 12

sept. 1835 et 6 mars 1836, écroués à Brest sous les n°ˢ
, dont les dossiers sont à la chancellerie sous les n°ˢ
et 5,837, sect. 9.

Les frères Allard étaient réfractaires. Ils ont d'excellents
antécédents; ils appartiennent à une estimable famille. A Angers, ils ont été condamnés pour de *prétendus vols;* mais
hâtons-nous de dire qu'il s'agit d'enlèvement d'armes et de
comestibles. A Blois, ils ont été condamnés pour *meurtre
commis sur les gendarmes de Maulevrier.* Les plus graves
circonstances tendaient à confirmer leurs dénégations, et
à établir qu'ils étaient étrangers à ce fait. Quoi qu'il en
soit, du reste, ce fait est-il autre chose qu'une déplorable
conséquence d'un état d'hostilité, de guerre civile? Un fait
tout spécial, une tentative d'une autre nature, a été un in-
stant imputé à Allard aîné; mais il est impossible d'en parler
encore. Des pièces positives sont au ministère; c'est la justification de Jacques Allard, écrite par la prétendue victime
elle-même et par son père!..... Les frères Allard sont récla-
més par le maire et les habitants de leur commune.

BELLION (Joseph-Marie), de Saint-Servan, Morbihan,
condamné aux travaux forcés à perpétuité par la cour d'assises de Vannes, le   , écroué à Brest sous le
n°   , dont le dossier est à la chancellerie sous le
n° 9,566, sect. 9.

Réclamé par les notables habitants de sa commune, qui
sont convaincus de son innocence; unique soutien de sa mère, forcée maintenant de mendier. Divers documents établis-
sent que cette fois encore ses actes ont été faussement appré-
ciés comme non politiques.

BICHON (François), né à Boismé, Deux-Sèvres, condamné
à cinq ans de travaux forcés par la cour d'assises de Niort,

le 5 septembre 1835, écroué au bagne de Toulon sous
le n° 27,586, dont le dossier est à la chancellerie sous
le n° 2,258, sect. 9.

Condamné pour avoir fait partie d'une bande armée, pour
tentative de désarmement, prise d'armes, enlèvements de
munitions et de comestibles (qualifiés de vols), faits évidemment amenés par les circonstances politiques, et conséquences d'un état de guerre civile. Trois communes (celles de
Boismé, de Chcihé et de Saint-Sauveur) se réunissent pour
réclamer Bichon. Un de ses complices a été mis en liberté
en 1838.

PIPÈTE (Pierre), né à Busseau, Deux-Sèvres, condamné
à dix ans de travaux forcés par la cour d'assises de Niort,
le 7 septembre 1832, écroué au bagne de Toulon sous le
n° 25,783, dont le dossier est à la chancellerie sous le
n° 6,083, sect. 7.

Réfractaire, condamné pour *vol d'un fusil*, et pour avoir
excité à des violences contre ceux qui refusaient de livrer
leurs armes. Qu'est-ce autre chose qu'un fait de désarmement? et est-il possible de considérer Pipète comme un vo-
leur? Pipète est réclamé par sa commune, dans un certificat
conçu dans les termes les plus honorables.

LOISEAU (Pierre-Jean), né à Saint-Michel-Montmalchus,
Vendée, condamné à dix ans de travaux forcés par la cour
d'assises de Niort, le 9 janvier 1834, écroué au bagne de
Toulon sous le n° 26,847, dont le dossier est à la chancellerie sous le n° 891, sect. 7.

Loiseau a fait partie d'une bande. Condamné pour compli-
cité de *vol d'objets mobiliers*, le jour, en réunion *armée*,
avec menaces et violences. Il faut savoir que les *objets
mobiliers* dont il s'agit sont simplement un *fusil* et une
carnassière! Un certificat revêtu de nombreuses signa-

tures témoigne du vœu du pays pour la liberté de Loiseau.

Il est vrai qu'un rapport fort acrimonienx existe contre ce condamné ; mais les faits qu'il lui impute appartiennent, au dire de gens bien informés, à tout autre qu'à lui, car il n'a pris aucune part aux actes, d'ailleurs très exagérés, dont ce rapport se plaît à entourer une scène de désarmement.

GUITTON (Jean), né à Venansault, Vendée, condamné à douze ans de fers par la cour d'assises de Bourbon, le 11 janvier 1834, écroué à Brest sous le n° 20,349, dont le dossier est à la chancellerie sous le n° 6,250, sect. 8.

SALÉ (René), né à Luché, Sarthe, condamné aux travaux forcés à perpétuité par la cour d'assises du Mans, le 4 octobre 1834, écroué à Brest sous le n° 20,043, dont le dossier est à la chancellerie sous le n° 9,555, sect. 9.

LOCHU (Jacques-René), né à Juigné, Maine-et-Loire, condamné aux travaux forcés à perpétuité par la cour d'assises d'Angers, le 24 août 1833, écroué à Brest sous le n° 20,333, dont le dossier est à la chancellerie sous le n° 9,419, sect. 8.

ROUSSEL (Jean-René), né à La Chapelle-Jazan, Ille-et-Vilaine, condamné à dix ans de travaux forcés par la cour d'assises de Rennes, le 3 août 1835, écroué à Toulon sous le n° 27,306, dont le dossier est à la chancellerie sous le n° 7,537, sect. 9.

PIHAIN (Marie-François), né à Blais, Ille-et-Vilaine, condamné à dix ans de travaux forcés par la cour d'assises de Rennes, le 18 mai 1832, écroué au bagne de Toulon sous le n° 25,411, dont le dossier est à la chancellerie sous le n° 5,422, sect. 8.

Ces cinq condamnés sont dans le même cas que les autres : les certificats et les réclamations tendent tous à démontrer que, jetés dans le mouvement insurrectionnel, leurs actions en ont subi les conséquences forcées, sans que jamais ils aient songé à s'en faire un manteau pour commettre des crimes, comme cela est arrivé à quelques étrangers au pays, venant pour exercer la délation ou le brigandage.

On a vu qu'aucun de ces condamnés ne s'est rendu coupable des excès que M. le garde des sceaux a signalés à la tribune, et dont on a fait à dessein tant de bruit.

Je vais maintenant indiquer les noms de ceux qui gémissent à Fontevrault et à Rennes sous le poids de la réclusion.

Prison de Fontevrault : Bourron, Vendée (il y a deux condamnés de ce nom); Prisset, Maine-et-Loire; Archambault, Vendée; Lebreton, id.; Chotteau, id. (Chotteau s'est constitué prisonnier sur la promesse que les plus libéraux du pays lui avaient faite qu'il serait acquitté; il a été nourri en prison par ces mêmes personnes, qui ont payé son avocat); Le Lohé, Morbihan; Gaschet, id.; Donias, id.; Guyet, Loire-Inférieure; Verger, id.; Augusseau, id.; Bonnin, Deux-Sèvres; Gonnord, id.; Gaboriau, Vendée; Bouchet, id. (blessé par des militaires, est amputé); Guesdon, id.; Jamain, id.; Girard, id.; Godet, id.; Joussemet, id.; Charruault, Deux-Sèvres; Galard, Maine-et-Loire; Buffard, id.; Croisier père, Rhône; Croisier fils, id.; Tronc, Vaucluse; Layalle, Gard.

A Embrun : Herbreteau, Vendée.

Maison centrale de Rennes : Barbotteau, Vendée; Huet, Loire-Inférieure; Tremblais, Maine-et-Loire; Bodier, id.;

Le Mouel, Morbihan (mourant de chagrin); Leroux, id.; Cailleau, Vendée; Bujard, id.

Haye, Mayenne; Le Breton, Sarthe; Leclerc, Morbihan, sont au *Mont-Saint-Michel.*

Or, il faut le dire hautement, la réclusion appliquée aux Vendéens, peine afflictive et infamante, est pire que le bagne, parce qu'elle les réunit dans des maisons de dépôt, avec mille ou douze cents faussaires, voleurs, etc..., au milieu desquels, accablés qu'ils sont sous un hideux uniforme, il est impossible de les reconnaître, tandis qu'au bagne ils rayonnent en quelque sorte de résignation et d'innocence. Ils y sont distingués par leur conduite exemplaire, leur allure décente, et tellement que leurs coupables compagnons le reconnaissent eux-mêmes, et consacrent leur caractère exceptionnel par cette touchante appellation, *Vendéens politiques.* Qu'on lise les rapports des directeurs, et on verra qu'ils sont remarqués par leur douceur, leur piété, à ce point qu'on dirait qu'en les plaçant sous le joug des gardes-chiourmes ou des geôliers, un étrange, un odieux calcul, a voulu les proposer pour modèles aux habitants de ces lieux, et les destiner à moraliser le bagne ou les cachots.

Si chacun des amnistiés des galères aujourd'hui victimes de la réclusion était aussi l'objet d'une notice spéciale, on verrait quelle déplorable lenteur on a mise à baisser leur supplice d'un degré seulement, alors qu'il aurait dû être entièrement aboli ; on verrait qu'avant leur cruelle captivité ils avaient eu à supporter tout ce que l'arbitraire a de plus exorbitant et de plus cruel. Je n'en citerai qu'un exemple, relatif à Joussemet. C'était le fils d'un riche métayer. On a *pendu son père par les pieds pour lui faire dénoncer son fils,* et, comme ce père refusait, on a pillé chez lui. Sa femme, en couches, en est morte. Deux jours après, son fils, l'aîné de huit enfants, a été pris dans une *chasse aux hommes;* on l'a *attaché à la queue des chevaux des gendarmes*, et on l'a traîné en prison; puis il a été condamné, comme tant d'autres, uniquement pour avoir pris les armes. Il y a peu de temps encore, un vieillard courrait nuit et jour à travers la Vendée; il s'arrêtait dans tous les villages, dans tous les châteaux, mais surtout à la porte de toutes les municipalités.... Il ne demandait pas l'aumône, ce bon vieillard, il demandait des signatures au bas d'une pétition réclamant la mise en liberté de son fils, et tout le monde signait, et les *maires* eux-mêmes s'empressaient de reconnaître que Joussemet n'a jamais été qu'un homme *politique*, et cependant Joussemet est encore *reclus* à Fontevrault ! !

On s'afflige davantage du sort de ces malheureux lorsqu'en jetant les regards en arrière on voit le nouvel arrêté sur le régime des prisons... Un homme, non pas célèbre, mais tristement fameux; un homme sous l'administration duquel, en 1814, s'accomplissaient à Lyon des commotions sur lesquelles des jugements divers ont été portés, M. de Gasparin, en a accepté la responsabilité; mais il a par cela même stigmatisé le ministère par intérim dont il a fait partie. Il a introduit dans le régime des prisons des innovations exclusives de toute idée de justice et d'humanité. Le nouvel arrêté, qui a paru dans *le Moniteur* quelques jours après la retraite du signataire, porte que *les condamnés, à leur entrée dans la maison centrale, seront soumis au silence le plus absolu; il leur est défendu de s'entretenir entre eux, même à voix basse ou par signes, dans quelque partie que ce soit de la maison; de plus, l'usage du vin, de la bière, du cidre et de toute autre liqueur fermentée, leur est expressément interdit, ainsi que l'USAGE DU TABAC.*

Quels motifs ont été mis en avant à l'appui de cette étrange augmentation des peines du captif ? A coup sûr on n'y peut voir une de ces améliorations si injustement désirées dans le système pénitentiaire : car il y a au contraire dans de pareils moyens une iniquité, une déraison, que ne justifient ni l'intérêt de l'administration ni celui de la morale...

C'est en 1839, après neuf années d'une révolution dite régénératrice, qu'un homme haut placé dans le gouvernement ose prouver, à la face du pays affligé, qu'il a consacré son temps non pas seulement à river les fers du détenu, à lui enlever tout ce qui lui restait d'ombre de liberté dans l'étroite enceinte des geôles, mais à s'armer inexorablement contre un besoin consolateur, contre une nécessité impérieuse ! Être ainsi aux petits soins pour se montrer mesquinement cruel, ce n'est plus agir en administrateur, mais en bourreau. Je me bornerais à ces faits et à ces réflexions, qui exciteraient suffisamment l'indignation, si mon devoir n'était de traiter plus au long cette question. Toutefois, je ne m'appesantirai que sur la partie de l'arrêt qui interdit l'usage du vin et du tabac. Sans doute, l'établissement des cantines était un grave abus, et en proscrivant les liqueurs fortes, le vin à discrétion, on tarit une grande source de discordes, de querelles, de violences ; on étouffe dans leur germe ces longs ressentiments qui, tôt ou tard, éclatent par des collisions et des meurtres ; on protége ainsi le prisonnier contre lui-même, et c'est là une sage mesure. Mais la privation totale du vin me paraît révoltante, parce qu'elle est contraire à toutes les règles de l'hygiène, en France, où cette boisson est à la portée de toutes les classes. Jusqu'à ce jour on n'avait pas songé à lancer contre l'usage modéré du vin un interdit officiel, et on semblait vouloir ainsi consacrer un acte de justice commun à tous les pays où le système pénitentiaire est le mieux établi. En Suisse, on permet aux prisonniers trois quarts de litre de vin par jour ; en Angleterre, on leur donne une somme nécessaire pour *l'achat du thé et du tabac.* Si M. Gasparin eût pris la peine de lire le rapport fait à M. le ministre de l'intérieur, en 1839 , sur les prisons de l'Angleterre, de la Hollande, de la Belgique et de la Suisse, il y eût remarqué ces dispositions équitables.

Je réclamerai surtout contre la privation du tabac, qui est un fait inouï , sans aucune espèce d'exemple jusqu'à ce jour, et à la fois entaché de barbarie et d'illégalité. J'insiste à dessein sur ce dernier mot, car c'est là, ce me semble, une réelle aggravation de peine qui viole effrontément la loi en lui donnant cet effet rétroactif qu'elle ne doit, qu'elle ne peut jamais avoir. L'arrêté ministériel ne saurait donc être applicable aux détenus actuels, et cependant on s'est empressé de le mettre en vigueur, à ce point que, dans plusieurs maisons d'arrêt, les malheureux se sont insurgés contre ce raffinement de dureté qui les réduit à des souffrances et à des colères dont la réaction sur leur moral est des plus funestes. Cette rigueur exorbitante redouble leur isolement, accroît leur désespoir, et les jette dans un tel état d'effervescence et de fatigue , que le repentir ne trouve plus place dans leur cœur ulcéré par ce qui devient bientôt un véritable supplice, contre lequel la patience et la vertu même ne peuvent rien.

Mais ne faut-il pas voir dans cet arrêté autre chose que le désir de prévenir les crimes, en punissant davantage les coupables? N'y aurait il pas là une arrière-pensée digne d'être conçue par certains hommes de l'époque? Ne faut-il pas rester convaincu que ce luxe de sévérité, ce déplorable acharnement, ont pour but, non point d'atteindre les criminels ordinaires , mais surtout et avant tout les condamnés politiques? Ces derniers surabondent de nos jours, et chaque semaine voit conduire dans des maisons d'arrêt des accusés de crimes d'émeutes ou de délits de presse. N'est-il pas évident, je le répète , que cet arrêté a été produit par les haines de quelques uns de ceux qui n'admettent plus aujourd'hui que l'insurrection soit le plus saint des devoirs ? Ne corrobore-t-on pas ainsi l'opinion des accusés, ne voulant pas voir dans les pairs des juges, mais des ennemis ?

Fidèle aux traditions secrètes de son prédécesseur, M. de Gasparin a prétendu sans doute armer la vengeance des carbonari renégats contre les carbonari restés fidèles, et les voleurs, les faussaires, les assassins, subiront le contre – coup d'un arrêté qui n'était pas pour eux. On pourra désormais voir à Fontevrault les Vendéens de 1832 soumis au régime le plus intolérable, qui vient jeter honteusement un défi à leur résignation. Plus loin, l'insurgé de Paris, le détenteur d'une arme prohibée, le fabricateur de cartouches, protesteront de toute l'énergie d'une juste colère contre leurs anciens maîtres ou complices, dont la tyrannie les poursuit jusque dans des cachots, et invente contre eux des vexations de cette nature.

On a maintenant connaissance des faits par un véridique exposé, et par leur plus exact commentaire. Eh bien! ne s'indigne-t-on pas de voir, depuis sept années, languir dans les fers des hommes que l'amnistie aurait dû rendre à la liberté? Veut-on savoir comment la législation fournit encore à ma thèse un admirable soutien? Qu'on lise de quelle noble façon, en 1816, la haute magistrature se prononçait non seulement dans une question d'insurrection, mais de *violences*, *de meurtres*, et s'empressait de prouver qu'en de telles occurrences il ne faut pas compromettre le glaive de la loi avec les verrous des prisons ou la hache du bourreau. Il me semble que le pouvoir du jour pourrait bien, au moins dans son intérêt, imiter de tels exemples de modération conciliatrice.

Je cite ici textuellement, et dans toute leur étendue, ces deux mémorables arrêts.

USURPATION. — VIOLENCE.

§ 2. *Les violences, les mauvais traitements exercés par des individus, dans la vue de protéger et de maintenir la rébellion et l'usurpation de Napoléon, ont été amnistiés par la loi du 12 janvier 1816, à moins qu'ils n'aient été l'objet de poursuites ou de jugements antérieurs à la promulgation de cette loi.*

(Moulin C. le Ministère public.)

Arrêt (*après délib. en chamb. du cons.*) :

« LA COUR, — Sur les conclusions de M. Giraud, avocat général; — Vu l'art. 1ᵉʳ de la loi du 12 janvier 1816; — Vu les art. 5 et 6 de la même loi; — Attendu que les faits déclarés constants par l'arrêt attaqué sont que, le 8 juillet 1815, une troupe armée, composée de fédérés, de militaires et de gendarmes, au nombre d'environ 200, commandée par quatre chefs, dont l'un était le recourant, se porta d'abord à Sorgues pour y faire réarborer le drapeau tricolore, et qu'y étant entrée, elle y tira des coups de fusil sur des jeunes gens qui n'en furent pas atteints; que, conséquemment, son but, dans cette première excursion, fut de protéger et de maintenir la rébellion et l'usurpation de Napoléon Bonaparte; que, de là se dirigeant, dans la même intention, sur Entraigues, elle rencontra, avant que d'y arriver, le nommé Labrove portant une cocarde blanche, le maltraita par l'ordre de ses

chefs, lui donna plusieurs coups de crosse de fusil, et un coup
de baïonnette dont il fut renversé par terre tout ensanglanté;
qu'ayant ensuite pénétré par plusieurs points dans la ville
d'Entraigues, il y eut entre elle et les habitants une lutte durant laquelle cette troupe tira un grand nombre de coups de
fusils, de l'un ou de plusieurs desquels le nommé Philippe fut
tué, et la femme Tamaillon grièvement et dangereusement
blessée, et qu'à la suite de cette lutte, le drapeau tricolore
fut arboré; que, par conséquent, l'entrée effectuée et les actes commis dans Entraigues, comme dans Sorgues, avaient
aussi pour objet le maintien de la rébellion et de l'usurpation
de Napoléon Bonaparte, puisqu'ils présentaient également les
caractères d'une entreprise tendant à aider et à favoriser
cette rébellion et cette usurpation, et d'une lutte entre les
attroupés, qui voulaient exécuter cette entreprise, et les habitants, qui s'y opposaient; qu'ainsi les faits arrivés à Entraigues, comme à Sorgues, rentraient évidemment dans la catégorie de ceux auxquels l'art. 1er de la loi du 12 janvier
1816 déclare l'amnistie applicable; qu'il en était de même du
fait intermédiaire relatif aux coups de crosse et de baïonnette donnés, en allant de Sorgues à Entraigues, au nommé Labrove, portant une cocarde blanche; que cet acte de violence, commis par la même troupe, avait évidemment le même
objet que ceux qui, soit à Sorgues, soit à Entraigues, le pré-
cédèrent ou le suivirent; que, par l'identité de temps, de
lieu et de personnes, il avait le même caractère; que, dès
lors, loin de constituer un crime privé ou un simple crime
envers un particulier, excepté par l'art. 6 de la loi du 12 janvier 1816, il rentrait dans la classe de ces faits généraux tendant au maintien de la rébellion et de l'usurpation, arrivés à
la suite d'une lutte entre des individus rassemblés pour la favoriser ou la détruire, et à l'égard desquels l'amnistie avait

éteint l'action criminelle de la vindicte publique , pour ne laisser subsister que l'action civile des parties lésées ; que, par conséquent, ces trois faits rentraient également dans l'application de l'amnistie ;

» Attendu que l'exception à l'application de cette mesure , qui est établie par l'art. 5 de la loi du 12 janvier 1816, n'est relative qu'aux faits, commis durant la rébellion et l'usurpation, à raison desquels il y aurait eu des poursuites dirigées ou des jugements rendus antérieurement à la promulgation de cette loi ; que, dans l'espèce, les faits sont arrivés le 8 juillet 1815 , antérieurement à la connaissance à Sorgues ou à Entraigues du retour de Sa Majesté dans ses états, conséquemment avant que la rébellion et l'usurpation y eussent cessé ; qu'à raison de ces faits, il n'y a pas eu de poursuites dirigées ou de jugements. rendus contre le recourant avant la promulgation de la loi du 12 janvier 1816, puisque la dénonciation du procureur du roi n'a été faite que le 24 août même année , et le premier acte de poursuite, le mandat de dépôt, lancé le 11 novembre suivant, près de dix mois après cette loi ; qu'ainsi , sous aucun rapport, l'exception établie par l'art. 5 de la loi du 12 janvier 1816 ne saurait être invoquée ;

» Attendu qu'en prononçant, à raison de ces faits, couverts par l'amnistie, la mise en accusation du recourant, la Cour royale du Gard a violé la disposition de la loi du 12 janvier 1816 ;

» CASSE. »

Du 21 mars 1817 , C. cass., sect. crim., **M. Barris** prés., **M. Ollivier** rapp.

(Extrait de Dalloz.)

USURPATION. — MEURTRE. — ACTION CIVILE.

§ 3. Les meurtres commis dans un mouvement populaire ou dans un choc de partis, à l'occasion de l'usurpation de Napoléon Bonaparte, sont compris dans la loi d'amnistie du 12 janvier 1816, et ne peuvent donner lieu qu'à des réparations purement civiles contre ceux qui s'en sont rendus coupables.

Lorsqu'un intérêt criminel est annulé, parce que le crime qu'il avait pour objet de punir est couvert par une loi d'amnistie, la Cour de cassation doit ordonner elle-même la mise en liberté des condamnés, comme dans le cas où les faits de l'accusation ne sont pas punis par la loi.

(SABATIER ET SERRE C. LE MINISTÈRE PUBLIC.)

Par arrêt de la cour d'assises de l'Ardèche du 8 décembre 1816, Pierre Sabatier et Crépin Serre sont condamnés aux travaux forcés à perpétuité, comme coupables de tentatives de meurtres commises, le 2 juillet 1815, dans une lutte ou choc qui eut lieu ce jour-là, dans la ville de l'Argentière, entre les royalistes et les partisans de Napoléon Bonaparte.

Ils se sont pourvus en cassation, et ont soutenu, entre autres moyens de nullité, que le crime dont ils étaient accusés était couvert par l'amnistie du 12 janvier 1816. — Ils invoquaient à cet égard une circulaire du chancelier, en date du 14 janvier 1816, suivant laquelle son excellence est d'avis que les crimes commis accessoirement à celui d'avoir participé à l'invasion de Napoléon Bonaparte sont, comme le crime principal , compris dans la loi d'amnistie.

Arrêt (*après délib. en chamb. du cons.*) :

LA COUR, — Sur les conclusions de M. Giraud-Duplessis, avocat général ; — Vu les art. 1er et 6 de la loi du 12 janvier 1816 ; — Attendu que de l'arrêt qui a renvoyé à la cour d'assises du département de l'Ardèche les nommés Pierre Sabatier et Crépin Serre il résulte que , vers midi du dimanche 2 juillet 1815, *il entra dans la ville de l'Argentière un rassemblement de royalistes* des communes voisines qui venaient de se réunir aux habitants de l'Argentière, amis du roi, pour célébrer avec eux le rétablissement de son gouvernement ; que cette réunion de royalistes parcourut différentes rues en farandole ; qu'elle fit chanter un *Te Deum* et arborer un drapeau blanc au sommet du clocher ; que ses cris d'enthousiasme irritèrent les partisans de l'usurpateur ; que bientôt les acclamations sacriléges de *Vive Bonaparte !* se trouvèrent confondues avec les acclamations de *Vive le Roi !* que le drapeau blanc qui suivait la farandole fut assailli et déchiré ; que le maire de la ville, contre l'avis et la volonté duquel la farandole avait été faite , fit battre la générale ; qu'un grand nombre de personnes du parti de l'usurpateur se répandirent en armes dans les rues ; que la porte de la ville dite des *Récollets* fut fermée ; que les royalistes ne répondirent d'abord aux provocations qui leur étaient adressées que par les cris de *Vive le roi pour toujours !* que cependant il était entré dans la ville, et avec des armes , d'autres royalistes du voisinage, qui , instruits des insultes faites aux gens de la farandole, étaient accourus à leur secours ; que, dans cet état critique des choses, la porte de la ville, qui avait été fermée !

fut ouverte pour faciliter la sortie des gens de la farandole et de ceux qui venaient d'arriver en armes; qu'en arrivant à cette porte, et en passant devant le cabaret de Vincent, on y aperçut plusieurs hommes qui s'y armaient de fusils; que quelques pierres furent jetées dans ce cabaret, et qu'on en cassa les vitres; que c'est dans ce moment que Sabatier, un des condamnés, qui était dans ce cabaret, tira de la fenêtre un coup de fusil dans la rue; que, peu d'instants après, Serre, autre condamné, tira sur le nommé Baulieu un coup qui ne l'atteignit pas; que d'autres coups de fusil furent tirés par d'autres individus; que, sur ces entrefaites, le tocsin sonnait dans les communes voisines; que la ville de l'Argentière était menacée des plus grands malheurs, mais que le calme fut rétabli par un accord qui remit le commandement de cette ville à M. de Gigord, chef du rassemblement;

» Que c'est pour ce coup de fusil ainsi tiré dans ces circonstances par Sabatier, et celui tiré par Serre, que ces deux individus ont été traduits devant la Cour d'assises du département de l'Ardèche, sur l'accusation de tentative d'assassinat; que les questions soumises au jury devant cette Cour ont porté sur ces deux faits de coups de fusil; mais que ces coups de fusil avaient été tirés dans une lutte, dans un choc de partis; que l'opposition violente des bonapartistes aux acclamations des royalistes, et au rétablissement dans la ville de l'Argentière des signes du gouvernement légitime, avait évidemment pour objet de maintenir l'usurpation de Bonaparte; qu'elle était une participation directe à cette usurpation, et qu'ayant eu lieu avant que le roi eût repris les rênes du gouvernement, elle rentrait dans l'amnistie prononcée par l'art. 1er de la loi du 12 janvier 1816; que les coups de fusil tirés par Sabatier et par Serre n'étaient qu'un accident de cette opposition, un des faits particuliers dont elle se constituait; qu'ils avaient le même caractère, la même cause, le même but; qu'ils rentraient donc avec elle dans l'application de l'art. 1ᵉʳ de la loi d'amnistie; qu'ils ne pouvaient pas être considérés comme *des crimes contre des particuliers*, et être placés, sous ce rapport, dans l'exception de l'art. 6 de cette loi; qu'ayant été tirés en effet dans une lutte de deux partis qui agissaient alors hostilement l'un contre l'autre dans un intérêt politique, ils avaient nécessairement le caractère de crimes politiques et d'ordre public, et s'il en était résulté un préjudice vis-à-vis des particuliers, ce préjndice n'aurait point modifié ce caractère, il n'aurait produit d'autre effet que donner ouverture à des réparations civiles; que la condamnation prononcée par Sabatier et Serre a donc été une violation de la loi d'amnistie du 12 janvier 1816;

» Casse...

» Et attendu qu'une loi d'amnistie éteint le crime qui en est l'objet, et que, dans le procès actuel contre Sabatier et Serre, il n'y a point de partie civile; — Vu la dernière disposition de l'art. 429 du Code d'instruction criminelle, déclare qu'il n'y a lieu à aucun renvoi, etc. »

Du 8 février 1807. — C. cass., sect. crim. — M. Barris prés. — M. Lecoutour rapp. — M. Odillon-Barrot av.

(Extrait de Dalloz.)

Après avoir prouvé combien la conduite des infortunés Vendéens a été faussement appréciée, et, par suite, punie outre mesure, je pourrais, pour mieux défendre une cause sacrée, citer ici un grand nombre de faits établissant d'une façon invincible qu'ils ont forcément subi tous les entraînements de la guerre civile, et que leurs actes n'ont été que dès combats et des réprésailles légitimés par le besoin de se préserver ou de se défendre. Je me bornerai à rappeler ici jusqu'à quel point la délation a été organisée parmi eux, et, en redoublant leurs dangers, les a jetés dans un état de défiance et d'irritation qui leur enlevait la possibilité de toute préméditation et de tout calcul, pour ne laisser parler chez eux que l'intérêt de leur opinion et de leur sûreté personnelle. On va voir, en effet, qu'il ne s'agissait rien moins que de leur liberté et de leur vie.

Devant la cour d'assises de Blois comparurent, en 1832, Bodin, à l'occasion duquel le beau talent de M. Janvier fit triompher enfin l'amnistie du général Solignac, et Abraham et Simonet : j'eus l'honneur d'être l'avocat du second.

Il est résulté des débats que le jeune Simonnet fut entouré de propositions dont le but était de changer son rôle de conscrit en celui d'espion et de dénonciateur de ses compatriotes. Pour montrer mon impartialité dans son jour, je laisse parler M. Jublin, maire de la commune d'Ysernay :

« M. de Balestan, officier au 41ᵉ de ligne, en cantonne-
» ment dans la commune d'Ysernay, me dit un jour que le
» gouvernement de juillet voulait à tout prix en finir avec
» les chouans, et qu'il fallait s'y employer par tous les
» moyens possibles. Il me demanda si je connaissais un
» homme assez adroit qui, sous l'apparence de les servir, pût,
» en s'enrôlant parmi eux, donner tous les renseignements
» possibles sur leur nombre, leur situation, leurs mouve-
» ments, et enfin les livrer à l'autorité en masse ou séparé-
» ment. Je savais, dit le témoin, que Simonet venait de tom-
» ber au sort, et répugnait à quitter le pays pour rejoindre
» son corps. J'en parlai à M. de Balestan ; et, quelques jours
» après, chez l'aubergiste Lenoir, en présence de M. Cha-

» louineau , et aussi devant moi , cet officier offrit à Simonet
» mille francs et son congé, s'il voulait s'engager à entrer
» dans les bandes, et à faire tous ses efforts pour les livrer à
» la justice. »

M. Jublin donna lecture d'un certificat du maire de Mau-
lévrier, qui constatait le marché, et d'une lettre de ce ma-
gistrat, qui se termine ainsi : « Simonet n'a pas rempli les
» conditions qui lui étaient imposées; sa malice l'a porté à
» rester dans les bandes. »

Ce n'était pas la *malice*, mais l'honneur de Simonet, qu'il
fallait dire; et lorsqu'on interrogea le jeune accusé sur la
somme qu'on lui avait promise, il répondit en rougissant , et
avec un accent de colère concentrée : *Quinze francs par
tête !*
Ainsi fut démontrée l'intention, trop souvent bien remplie,
des autorités locales, de faire incorporer momentanément
dans les bandes des traîtres et des délateurs qui prenaient le
langage des chouans, et parfois même les excitaient pour
rendre leur prise plus profitable à leur trahison. A ce sujet,
nous ne pouvons résister au désir de citer à nos lecteurs un
fragment de la plaidoirie de Mᵉ Amédée Vallon, avocat du
barreau de Blois, qui s'indigna si éloquemment :

« Vous savez, messieurs, pourquoi Simonet est réfractaire;
» vous savez ensuite pourquoi il est devenu chouan; les
» débats de l'audience d'hier vous ont initiés à ces provoca-
» tions qui, pour faire de Simonet un espion dans l'acception
» la plus hideuse du mot, le poussèrent dans ces bandes,
» dans lesquelles il resta comme soldat. Plusieurs témoins et
» de nombreux certificats vous ont convaincus que les moyens

» de démoralisation les plus odieux avaient été essayés sur
» lui ; ils sont indignes, ils sont coupables !... Alors qu'on a
» déroulé devant vous cette infamie formulée en titres au-
» thentiques, vos consciences se sont soulevées de dégoût et
» de mépris; vous vous êtes demandé si c'était bien en
» France, sur cette terre classique de l'honneur et de la
» loyauté, qu'on avait pu proposer à un homme de le faire
» brocanteur de la vie et de la liberté de ses semblables. Oui,
» Messieurs, c'est bien en France, c'est bien sur cette terre
» classique de l'honneur et de la loyauté, qu'on a distrait
» quelque or du budget pour en faire le prix du sang , pour
» apprendre à un homme à vendre ses frères et ses conci-
» toyens à 15 fr. par tête !... C'est en France qu'on s'est cru
» autorisé à faire cet emploi de l'impôt, à donner cette noble
» destination aux sueurs du peuple !... Courage donc, dépu-
» tés du pays; votez, votez à force des douzièmes provisoires
» pour donner à la police la facilité d'acheter du sang fran-
» çais et de nobles têtes de femmes, et de constituer des pri-
» mes à la trahison, et des majorats à l'infamie ! »

Je raconte sans aigreur des faits irrécusables , et ne crains
pas d'être démenti , comme les rapports, les instructions et les
actes d'accusations l'ont été si souvent, tant par les débats
que par les rétractations qui ont suivi les premières exagéra-
tions de l'animosité.

Le public impartial doit rester convaincu que les Vendéens
subissent une peine afflictive et infamante parce que, dans
l'origine, on a voulu les considérer comme faisant partie d'u-
ne *association de malfaiteurs*. Les parquets locaux se sont
plu alors à demander contre eux l'application de l'article de
la loi qui les enlevait à toute pénalité politique, en dénatu-
rant à dessein leurs intentions. Cependant , lorsque ce repro-

che leur fut adressé devant les cours d'assises, ils répondirent
par un cri de réprobation : ce cri était unanime et fort, comme celui de la conscience qui se soulève d'horreur et de mépris. Il faudrait que ceux qui les accusent encore eussent pu
les voir se lever en masse de ce banc qu'on tentait de changer pour eux en un banc de voleurs et d'assassins, et s'écrier :
« Nous sommes accusés politiques; tuez-nous, si vous le vou-
lez, mais ne nous déshonorez pas! » Et l'auditoire les croyait
dans leur langage indigné, car c'était la première fois qu'on
s'avisait de voir dans les chouans des hommes ne s'associant
que pour des crimes particuliers. A aucune époque et dans
aucune circonstance ils n'ont mérité cette ignoble imputation,
et je ne crains pas, l'histoire à la main, de porter aux calom-
niateurs le défi de la justifier. On peut surprendre des rêves
de gloire, mais pas un rêve de fortune, dans les projets gi-
gantesques qui, en 1793, firent de ces hommes pauvres des
guerriers et des héros. Croit-on, par exemple, que le garde-
chasse de M. de Maulevrier, que Stofflet ait jamais regardé
les champs de bataille comme un chemin qui dût le conduire
à posséder le château dont il était le gardien? Et Cathelineau,
le voiturier Cathelineau, ce Cincinnatus de la légitimité, on
le vit, une fois après le triomphe, et toujours on l'eût vu, si le
Ciel l'eût permis, revenir à ses travaux, pur de cet or qu'il est
si facile d'acquérir dans les guerres civiles....

Les Vendéens modernes, les captifs de Brest, de Toulon,
de Fontevrault, de Rennes, d'Embrun, de Saint-Michel, ont
tous, sous ce rapport, oui, j'en jure, hérité de leurs aïeux!
Ils n'ont pas recueilli la victoire; mais du moins ils ne se
sont jamais écartés des règles de la probité. En partant qua-
rante ans plus tard pour l'insurrection, ils obéirent à leurs
convictions intimes; ils voulurent marcher sous le drapeau
d'une mère qui les conviait à défendre la cause de son fils :

voilà tout leur crime. Ils prévirent et acceptèrent toutes les conséquences de leur conduite , la perte de leur fortune , de leur liberté, de leur vie. Ils étaient tous prêts à périr sur le champ de bataille, sous les balles de leurs ennemis vainqueurs; mais, il faut le dire, ils ne comptaient pas sur les cours d'assises, sur les échafauds , ni sur les galères..... Ils comptaient relever non du droit criminel, mais du droit de guerre : aussi furent-ils grandement contristés dès que la justice, par une extension de ses prérogatives naturelles , intervint pour régler leurs destinées. Ils espérèrent qu'elle ne démériterait pas de son saint nom en faisant au conspirateur et au rebelle l'infâme et atroce condition de l'incendiaire et de l'empoisonneur. Ils n'ont pas maudit leur condamnation , mais ce qui a fait iniquement l'objet de leur condamnation. Il est donc temps de protester en leur faveur, car déjà ils ont vu l'amnistie du 8 mai 1837 les exclure en les couvrant d'humiliations, et, à la nouvelle de la commutation de Barbès, ils ont cru qu'on leur rendrait au moins l'honneur, que d'ailleurs les bagnes ni la réclusion n'ont pu leur ôter. Le gouvernement se doit à lui-même de ne pas encourir davantage une si terrible responsabilité.

Grâces à ce que m'ont prodigué tour à tour d'arguments irrésistibles des faits certains et des antécédents de la législation, je crois avoir suffisamment établi que les galères et la réclusion ne sont pas faites pour de tels condamnés, qui les réhabilitent. Oui, l'heure de la réparation a sonné. La commutation de Barbès brise les fers et rompt les verrous, pour renvoyer de droit leurs victimes dans des maisons de détention politique. Mais que dis-je? ces victimes, ainsi que je viens de le prouver, n'ont-elles pas assez plié sous le joug de l'erreur et de l'ignominie? Et si, non content de constater tout ce qu'elles ont souffert, on remonte à cette époque où leur pays

fut envahi et décimé, n'en sera-t on pas mille fois convaincu?

On ne veut pas se rappeler que la Vendée ne fut pas seulement poussée à la guerre par l'ardeur de ses profondes convictions, mais qu'elle fut harcelée par de continuelles provocations. Les visites domiciliaires, le désarmement général
(on lui a pris jusqu'à ses *fusils d'honneur!*), l'abattement
des croix, la proscription des cérémonies extérieures de son
culte, sont venus jeter en ce pays, alors tranquille, l'effroi et
le désespoir.

Oh! oui, ce pays a été, avant son insurrection, très dure-
ment traité; mais depuis combien plus encore il a été l'objet
d'incessantes vexations qui, certes, méritent aujourd'hui une
compensation déjà trop tardive! Voici ce que disait, en 1832,
Mᵉ Janvier, plaidant, à Blois, pour Bodin, en faveur de qui
il fit triompher l'amnistie :

« Les plus saintes lois de l'équité ont été violées ; on a tor-
» turé des parents pour les fautes de leurs fils ; on a prescrit
» à des femmes, sous peine d'amende, de dénoncer leurs é-
» poux proscrits.... Que vous dirai-je? on a tenté d'organiser
» la délation au sein de tous les rapports de famille ; pour sa-
» tisfaire à d'odieuses concussions décrétées par la loi du sa-
» bre; on a vendu, j'allais dire on a volé la vache et les quel-
» ques gerbes du pauvre. Je n'admets pas l'excuse tirée de *la*
» *nécessité* politique ; cette excuse, je la flétris, je l'exècre,
» car je suis de ceux qui, pour la morale, pour sa stricte et
» scrupuleuse observance, sont prêts à sacrifier tous les partis
» et tous les pouvoirs. Jamais pour moi n'importe quel but ne
» sanctifiera d'indignes moyens. Eh bien! à ces iniquités, à
» ces horreurs, que je ne raconte qu'en partie, n'en ajoutez
» pas une qui porterait l'effroi dans tous les cœurs.... »

Qu'on se souvienne encore que les villes de Niort, de Rennes, de Parthenay, de Nantes, de Châteaubriand, de Laval, ont vu se dresser les échafauds politiques, et tomber les têtes de Caro, Poulain, Secondi, Bonin, Bory, Martin, Francœur, Marcadet et plusieurs autres!!... Et ces amnisties publiées au nom du roi des Français, qui avait *confié de pleins pouvoirs* au général Solignac et aux préfets des départements insurgés, n'ont-elles pas été effrontément violées? Qu'on se souvienne aussi de M. Alfred de la Serrie, arrêté quoique parlementaire, et condamné à Blois malgré la déposition du colonel Duvivier, proclamant avec une si loyale insistance qu'à son égard on avait foulé aux pieds *les lois de la guerre!....* Ne faut-il pas à tous ces manquements envers la foi jurée, à tous ces dénis de justice, une grande expiation, et le meilleur moyen de la donner n'est-il pas de restituer à des condamnés leur caractère véritable, trop long-temps méconnu? Ou du moins Louis-Philippe ne peut-il pas, en cette occasion, user de sa sublime prérogative, à l'aide de laquelle il calmera tant de douleurs, et amènera par la conciliation l'oubli des maux comme des haines, car il rendrait à la France ses enfants proscrits, errants, et à leurs familles des hommes qui, au lieu d'une transformation de peine, ont mérité de recouvrer pleinement la liberté. Le droit de grâce est frère de l'amnistie, et l'employer aujourd'hui ce serait à la fois faire un acte d'équité et de politique.

M. le garde des sceaux a parlé d'inopportunité : et dans quel temps convient-il mieux de traiter la question vendéenne qu'au moment où Barbès, condamné non pas seulement pour le fait général de l'émeute, mais pour une circonstance qu'il repousse avec énergie, parce qu'elle offrirait un caractère de perfidie, se voit successivement arraché à l'échafaud, et au bagne, plus redoutable que l'échafaud même? Là dessus

encore a porté l'observation de l'orateur royaliste. Le soir
même, le passage suivant, analysé d'une manière incisive
dans *le Messager*, obtenait l'adhésion de tous les partis :

« M. le garde des sceaux a parlé des derniers événements ;
» je lui rappellerai le sort de ceux qui y ont pris part : qu'il
» le compare à celui des hommes dont je parle, et qu'il dise si
» c'est là de la justice ; j'en appelle à son équité naturelle ! »

Oui, sans doute, l'amnistie au milieu, pour ainsi dire, des
combats du mois de mai, serait d'une affligeante inopportunité, et l'on ne pourrait plus que gémir sur les exigences du
droit de pétition, si la transformation du sort de Barbès, accordée aux prières de sa famille, n'offrait pas un rapproche-
ment qui, dans aucun autre temps, ne pouvait être ni plus
utilement cité ni mieux compris. M. le garde des sceaux, en
parlant d'inopportunité, a prouvé qu'il oubliait les deux com-
mutations, l'une contresignée par lui-même, l'autre connue
de la France et ratifiée par elle...

Je me hâte de résumer tout ce que je viens d'écrire sous
l'inspiration de ma conscience et de mon cœur. Maintenant
que les royalistes ont énergiquement réclamé en faveur du
malheureux Barbès, les républicains s'empresseront de solli-
citer hautement la commutation et même la liberté des Vendéens qui gémissent au milieu des bagnes ou dans les cachots :
car ceux-ci ne sont certes pas plus coupables que lui, et
ont déjà expié leurs actes par six années des plus rudes
épreuves.

Désormais les Vendéens, de par l'honneur national, à
cause de l'amnistie injustement restrictive à leur égard, de
par la probité politique des hommes de n'importe quelle nuan-
ce, sont dignes de préoccuper les plus indifférents.

Royalistes, vous êtes tous solidaires de leur conduite, dont la pureté intentionnelle est incontestable, même aux yeux de leurs ennemis. La plus large part de vos larmes, de vos prières, de vos aumônes surtout, leur est acquise : il faut, pour être dignes à la fois du titre de chrétien et de royaliste, que vous indemnisiez par votre fortune eux et leurs indigentes familles; que vous portiez, en quelque sorte, une partie de leur livrée...... C'est un fardeau rendu léger par l'estime que les criminels auxquels ils sont accouplés leur témoignent.

Républicains, vous devez vos actives sympathies et vos efforts aux Vendéens, et par vos vœux, et par vos instances dans les organes de votre presse : car ils sont vos frères, non moins que Barbès, pour lequel les royalistes ont utilement invoqué la justice intelligente contre la peur implacable !

Hommes du gouvernement, vous ne pouvez non plus, en cette occasion, refuser votre concours aux captifs des bagnes et des maisons centrales, qui restent invariablement placés sous la protection de ces divers sentiments. Ce n'est plus, en effet, une question de parti, c'est une question de loyauté et d'intérêt national pour le présent comme pour l'avenir.

Qu'on ne vienne pas dire que la commutation de Barbès est *provisoire*, et non *définitive*, et qu'on lui a fait faire seulement une station à Saint-Michel, qui est sur la route de Brest..... Ce serait là une cruelle jonglerie, un odieux mensonge...

Non, non, il n'y a plus en France d'échafaud ni de galères politiques ! Je vous défie d'arracher Barbès à sa cellule pour le livrer aux mains des gardes chiourmes !..... Ce serait à la fois un raffinement de barbarie et une insulte par trop grossière à la morale publique. — Un gouvernement qui reviendrait sur une pareille mesure serait moralement découronné.

Extension de l'amnistie pour tous, commutation, grâce, voilà les trois derniers mots que je veux placer à la fin de cette brochure. Puisse-t-elle au moins en obtenir le bienfait pour récompense ! ! !

Imprimerie de GUIRAUDET et JOUAUST, rue Saint-Honoré, 315.

www.ingramcontent.com/pod-product-compliance
Ingram Content Group UK Ltd.
Pitfield, Milton Keynes, MK11 3LW, UK
UKHW020954120726
13693UKWH00004B/1697